阳光文库

城市之鸟

屈子信 —— 著

黄河出版传媒集团
阳光出版社

图书在版编目（CIP）数据

城市之鸟 / 屈子信著. -- 银川：阳光出版社，
2019.12

（阳光文库）

ISBN 978-7-5525-5173-0

Ⅰ.①城… Ⅱ.①屈… Ⅲ.①诗集－中国－当代
Ⅳ.①I227

中国版本图书馆CIP数据核字(2019)第279311号

城市之鸟

屈子信　著

责任编辑　谢　瑞
封面设计　晨　皓
责任印制　岳建宁

黄河出版传媒集团
阳 光 出 版 社 出版发行

出 版 人　薛文斌
地　　址　宁夏银川市北京东路139号出版大厦（750001）
网　　址　http://www.ygchbs.com
网上书店　http://shop129132959.taobao.com
电子信箱　yangguangchubanshe@163.com
邮购电话　0951-5014139
经　　销　全国新华书店
印刷装订　宁夏凤鸣彩印广告有限公司
印刷委托书号　（宁）0016046

开　　本　720mm×980mm　1/16
印　　张　13.25
字　　数　100千字
版　　次　2019年12月第1版
印　　次　2020年1月第1次印刷
书　　号　ISBN 978-7-5525-5173-0
定　　价　36.00元

目录/CONTENTS

(带★篇目为朗读篇目)

鸟的碎语

打开一本书

曾经被我夹在书页中的那些鸟的碎语。一片一片地

落在我的心里。没有丝毫的磨损

保持着最初的温度和清脆

那些刻满你的名字的羽毛开始飞翔

这是我的。唯一的

冲动和思念

那些碎语啊——

我用羽毛一片一片地串起来

串成一片森林。我成了唯一的护林人

那些喜欢鸟的人

正在向我走来，向我的书页走来，向我的森林走来

我也是一个爱鸟的人。多少年来

因为爱鸟，我为自己赢来了一片森林

和一缕淡淡的月光

那些沾满了露珠的文字，从书中钻出来

向我走来

我不敢将书合上

我担心两页纸的碰撞

会压碎这个　清晨

借一只鸟的手指

借用一只鸟的手指

我可以为自己画上一个圆。把所有的忧伤，幸福

全部圈起来

通过一封不盖邮戳的信封

翻过一座山。淌过一条河

寄给远方

那一个人

你一定很高兴

你一定在想这么多年还没有忘记——

那棵开花的树

一户人家

一个鸟巢

一只守望黑夜的孤鸟……

鸟　书

一只鸟。另一只鸟
用一生的时间阅读一本书。这样就可以
把森林装在怀里。把雨水装在怀里。把爱装在怀里
在晚上把书打开
清晨把书合上
这是两只鸟多年的习惯

其中的一只鸟不是我
我渴望是其中的一只。这样我就可以住进一本书里
给你写诗。它一定有着森林的宽阔
雨水的眼睛。爱的嘴唇
这样我就可以把你抱在怀里
不分昼夜
一字不漏地开始阅读

大 鸟

我想埋头大睡，不再写诗

也不再梦想会成为一个伟大的诗人。那样就可以把你

写进浪漫里，写进一只大鸟孤独的忧伤里

我刻意关掉手机，我想独自占有这个宁静的上午

你也是。你在远处——

静的没有一点声息

走进一棵树木的深处。那些时光的碎片

在草地上自由的开花

花开的声音很轻。就像你的呼吸

慢慢地滑过

我的体内

一只鸟轻轻地飞

一只红色的鸟
含蓄地飞过我的眼睛
通红的燃烧

带火的翅膀一定是在告诉我
瞧，远处还有一只鸟
正在绕过柳枝

小　憩

我刻意使自己安静
把从前的一切不愉快统统忘掉
像一只久飞的鸟
以草地或一滴水为梦

藤蔓继续延伸。柴门打开
一个女子默不作声
看鸟从睫毛上飞过
铁制的煤炉，火光照亮
水无限扩大。缩小
像打开田野上一扇关闭已久的大门
麦穗冒出来
把叶子交给天空
我却把自己交给一只鸟简单的小憩

站在高处，一切由大到小
安静的排列，延伸
你或许就在一滴切开的水里
开始学着缩小
学着简单

八　月

在一块圆形的石头上
有蚂蚁奔跑

草钻出石头
开始生长

深夜
总有一只鸟在不停地叫
那绝不是歌唱
像在召唤

直到把一个人掏空

鸟的草图

把叶子还给树木
把树木还给森林
把森林还给鸟
把鸟还给一个人。在她的心里长久的住下

让几天几夜数不完的幸福
靠近你。生活不再是悬浮的尘埃
随处漂泊

宽敞明亮的房子里
三岁的儿子看猫和老鼠
妈妈和老婆做饭，聊天
每当午后，阳光落在客厅的沙发上
草木探过明亮的脑袋爬上窗台

我倚着书桌打开一本《聂鲁达集》
几个简单而平凡的文字
使一切美好的事物开始出现
一盆跟随我们多年的毛竹
在客厅的一角
格外的嫩绿，鲜亮

画 鸟

给时间一个合理的标签。乘着年轻

我可以义无反顾地把自己捣碎，然后以流水的形式

涂上美丽的颜色。那时，你还是一只鸟单纯的轮廓

那些细微的羽毛以及心跳

和我有关

就这样一次次地复活

那些陈年旧事

不就是隐藏在你肌肤深处的那些淡淡的记忆？

画一只会飞的鸟

和着我的温度

向另一个方向飞去

向一只鸟靠近

在一个周末，我可以让自己安静

慢慢地淌过一条明亮的河面

心随着水流动

我试着将双脚浸在水里

慢慢地开始飘起

在一个周末，我刻意使自己变得清高

和一只鸟，通过茶杯的碰撞传递灵感

为一杯茶做一首诗

为一张照片创作独白

让音乐飘起来，我开始向一只鸟靠近

学着思考。让时光慢下来

芦苇的叶子上，水的另一面

都归于安静

而那些关在笼子中的大鸟，名鸟

将生活交给

一些平凡的新闻早报

和深入浅出的聚焦镜头

时间之外

郊外有风。我独自占有你飘忽的手指
那些从天而降的欲望，与誓言无关
放纵与时间无关。我可以用一棵树的举止打动你
静静的舒展

那些感化的石头还有在夏季一度疲惫的草经
在余光中裸露。我看到的和抚摸到的不是他们的本质
我踩着的恰恰是被风拉下的美

爱一只鸟已经没有太多的理由
我不能否认我的偏见。假如在阳光布下的森林
在公园某一处空闲的草地
甚至在一个明亮的购物广场
是时间安排了你的存在
我甚至可以毫不犹豫地喊出你的名字

时　光

我真想抓住你盛开的花朵
偷偷地告诉你我藏了很久的秘密
就在昨天，我们像孩子一样
站在一束光亮里
不懂爱情

一切事物依旧保持着原有的姿势
我们仅仅是时间的碎片拼凑的一张照片

鸟的信息

在远方。此刻，你在查看一条短信
手指颤抖，血液跳动

或者干脆关机。从此没有了信息
不：信息一定在你的骨头里
慢慢地传送

就在开机的一瞬
鸟欢快地飞向一棵倾斜的树

站在风里看云

在这样的时候，我更想贴近你

在你半开的眼睛里有一只鸟在轻轻的回旋

我曾经来到过这里。你张开的手指上有飘动的风

那拥有过黑夜的手指

又有一棵树的温度。我更习惯于叫你木头

会说话的木头站在风里看晚霞，看流云

看一只鸟使劲地飞出眼睛

飞出自己的身体

红 鸟

就在这个周末
我可以自由地在你的眼睛里回旋
发送电子邮件。想说的话一字不漏地落在
蓝色的格子里
为了使那些给你的文字带着春的气息和温度
我甚至可以配一首属于四月的曲子

我将捕捉一丝温暖的阳光和苜蓿泛绿的气息
藏在某一个字的体内。悄悄地送给你
就在这个四月，一切都属于你
那些树木，刚刚开放的花朵还有滑过额头的几朵云彩
全部压缩在一个文件里
送给你一个完整的春天

如果此时收到这封邮件，请不要急于打开
即使你渴望在这个周末得到意外的惊喜
即使你还躺在床上，看过的画报扔落满地

巢

时光安静下来

一切树木，蓝天安静下来

我站在远处，阳光正好扑在我的肩膀

我的心此刻安静下来。当我抬起头的时候

没有鸟飞，没有鸟欢叫

那些比蓝天低，比树木更低的红色花朵

正在静静的开放。已是五月

一切秘密来不及遮掩

就像树木膨胀的叶子来不及遮掩巢

以及巢中的安静

当我再一次抬起头来

无法安静。也不能安静

我能听到她们细细的呼吸沿着树木的枝干向我而来

此刻，我的想法有些多余

除了我，没有人会打扰她们

这些经年的树木，阳光和天空都属于她们

从现在开始我将巢筑在这里

我不需要太多的树木，不需要太多的阳光和蓝天

我只需要此刻的安静

此刻的巢

来安放我的一生

穿过一叶的温度

几片叶子坐在木制的长凳上
在说着什么。我能听到那落地的声音中有一些
期盼。我知道就这么多年过去了
但每一次总能使我隐藏在一片叶子的体内
喜悦。惆怅

层层叠叠铺满在地的是不断滋生的秘密
没有人能够看穿这个秋天有多远
你挥起的手臂指向那里
依旧是木制的长凳。就在四年前我们靠背而座
叶子萧静，一面是阳光，另一面也是阳光
春天在秋天的最后一秒钟开始复活
就这样不断的复活，不断地向一叶发出同一种喊声
你就是我的。握不住的温度

从离开枝条到落地的距离，一定是一条完美的弧线
我渴望是一条弧线。秋天就在这条线里
你和我同样在这条线里。多年的所有对视就在这条线里
我轻轻地坐在长凳上
这里已经不属于我。也不属于你

幸福的音乐

这是一个阳光懒惰的早晨
屋里有音乐和儿子调皮的笑声
汪峰的硬币：带着老屋旁柳树上的鸟叫，飘起的
几缕炊烟
把我拉了回去
我不由抱起儿子
在他淘气的脸蛋上亲了几下

阳光铺进屋里。茶杯明亮
红红的枸杞似缩小了的生活
儿子递给我几张纸
上面画满了类似甲骨文或似蚂蚁跑过留下的痕迹

我问这是什么
他说是英文字母
我不大懂英语，但我懂这些自由的线条
在心里发亮

对于音乐，就像怒放的生命一次次地打动我

有飞翔和方向，有跌倒和站起的力量

我拿过儿子画满线条的纸

在上面用红色的画笔画上 1234567 和几个类似于音乐符号的符号

儿子问我：爸爸这是什么啊

我告诉他：音乐

红墩子

开始伸手

在你始料不及的暗处

满足

私欲

在红墩子，听不到鸟声

羊群蹒跚，眼神犹豫

想说——

忍耐吧，时间可以改变一切

一切活着的事物

都有希望

鸟的下午茶

我特意叫了一曲理查德·克莱德曼的神秘花园

此时适合我。也适合你

在这个下午，从花园到咖啡馆

我们披着鸟的羽毛，说着鸟话

把时间一遍一遍的重复。捣碎。放入茶杯

我将自己放入茶杯。我要深入自己的体内

我从来没有发现过自己。窥探过自己的内心竟然藏着一只鸟

就这么多年一直藏着

我的每一次心绞痛。失眠。厌食

都是你轻轻的啼唱，是你丢弃的一根羽毛，起起落落

森林大了，什么样的鸟都有——

你看着我。说着。我看到你将嘴唇放入一片森林

你试图将整个森林喝下

此刻，树木已在你的体内生长。河水已在生长

音乐已被复制。带回森林

鸟已安静

穿过北京东路

我不该在这个时候告诉你
在两片落叶之间，我的秘密
被你挖掘

石头冰冷
紫色的藤条在延伸

在整个空间，你是一只被惊醒的鸟
时间显得多余。没有白天和黑夜
没有颤动的翅膀

三林巷

那个陌生女孩

给了我一个梦：我时常站在破烂的楼下

畅想十年后的美好生活

那时三林巷很窄

（现在也是）

倒是那些槐树技繁叶茂

鸟儿穿梭其间。我曾靠着树桩在正午的阳光下打盹

十年之隔，对她们飞翔的姿态和语言重新界定

我也一再把鸟写进我的生活

有时再想，我和鸟没什么两样

就因一棵大树

因拆迁、改建一夜之间让鸟儿们无家可归

就像伫立的高楼

沉默如铁

但在三林巷，我们相信未来

相信爱，相信生活如诗

离开三林巷

正是秋季。树叶飘落

鸟儿在枝头上摇摆

贺兰山下，一只鸟飞过头顶

再一次掏空。装在心里的石头

就让它们以自己的姿态出现在沿山公路的两侧

风里雨里，和那些红红绿绿的苔藓

一起享受鸟声

每月总要偷出一天时间

背靠一块石头，仰望蓝色天空

总有鸟不断飞过头顶

似乎带着某种使命，一直飞着

顿生孤独

在贺兰山东麓，石头温暖，葡萄圆润

再次种下梦想

忽略大大小小的石头

和草木。忽略稀疏的车辆

忽略自己的存在

公路绵延如梦

探寻美好和秘密

你的身影在眼前舞动

带着山涧的草香和雪水的清醇

没有人能知道晚霞浸染的石头

在谁的怀里

思考人生。风如柔发

一丝丝在光亮中

紧紧拉着鸟儿伸向空中的手

中山南街

很难想象

在这里，遇见你。恰好在五月

我们趁着炽热的欲望

穿行在中山南街。树木茂密

鸟声清新。年轻如一把火

在各自的心里燃烧

一个个怀揣梦想的文字

在现实的白板上留下时间的玫瑰

在这里发现。鸟儿相互交换意见

总能摆平那些乱七八糟的事

有人用青春下赌注，看着整个街道

慢慢用行动武装自己

羽毛如梭，在变换的季节

一直坚守飞翔的姿势

或许只有在这里

才能发现尼采的自我光芒

梦和阳光在街上奔跑

高楼睁大着眼睛

搜寻来来往往的人群

和车流。那些静止的仅仅是树木吗

有人走进去

正好撞见，那些走出中山南街的人们

怀里装满鸟的叫声

一石三鸟

没有发现你，与众不同的一面

整日贴着大地行走。把好多好多的梦夹在笔记本里

日子一天天过去，那些擦不掉的字迹有时也会说话

偶尔热讽：年轻人现实点吧！

我使劲拉拽那些调皮的文字，让她安静地躺在时光的怀里

2014已经悄悄地走了。那些还没有来得及实现和安排的心事

就化作一块块石头吧！

2015的每一寸时光倒流不到这里。谁让那些白花花的银子

（时间就是金钱）

浪费在这些简陋的诗行

在布满荆棘的蓝图上生长着蓝天。白云。和一座城市

宽阔的街道旁，生长着一排排现实主义的槐树和钻天杨

大大小小的叶子蠢蠢欲动，体内充满欲望的血液

那些从乡下飞来的鸟儿，说着谁也听不懂的方言

藏在叶子的背后试图和久居城市的大鸟们说三道四

一个理想主义的中年男人常年穿梭在银川的大街小巷

手中举着信仰高呼：理解万岁！

带锁的水

我在树木半开的阴影里

穿过地壳的表面

一切平凡的事物，此刻陷入寂静

枝条低沉的色调，星辰，含苞待放的花蕾

时间将草木的影子拉长又缩短

我被一双还未成熟的少女的眼睛吸引

我爱上了她们

包括这里的荒芜

是谁

怎样把 一滴水沉重地拖向大地

原野上，我相信冰草的坚韧

温度在风的方向里向南部延伸

即使这样，我不能否认这里曾经有过的秘密

一只白色的蝴蝶，仅一只

从一座山飞向另一座山

仅有的沙枣花香

将雪白的躯体层层弥漫

至少，在她的眼里

这里有着一对成熟的男女

即使，所有的光线隐蔽

所有的草木不需要雨露的润泽

海洋的气息侵袭突兀的山丘

告诉我，睡醒的旱鱼——

我的名字还能持续多久

就让我明白，风来之前那蓝色的山脉

一只苍鹰孤独的鸣叫

我想在这样的时刻

水中的生物荒芜或更有水性

城堡倾斜在一束光的背后

而一身乌黑的鸟拍着翅膀鸣叫

穿梭在草木中间，像一块金属的泥巴

我开始发现

她口中的每一滴水

带着一把沉甸甸的铁锁

我喜欢午后的山头和光投下来飘动的阴影

此刻，风是我的，天空是我的，羊群是我的

那个牧羊的妙龄少女是我的
我在整个寂静的空间穿行，思考
我抚过的一草一木，每一粒尘埃
都成了我的心事

这一切，我无法预料

我终于可以静下心来
背靠尘埃的低诉。将一桶水分成多少份
然后以多种不同的方式装起来
我将送给谁
我不知道，除非是你彻底击碎我的心跳

或许，就在这一刻
我伤害了更多期盼的眼睛

石磨坊

我渴望有一束光扑到我的怀里
把一度的灰暗擦亮
这样，我会更加坦然地和你畅想明天
甚至更远，一切事物和我一样都是阳光的孩子

时间久了，当把梦安置在石磨坊
我成了自己唯一的耳朵

一切声音穿过明亮事物的表面
有些甚至来不及掩饰真相
在倾斜的阴影里
我抚摸粗糙的泥墙，麦子的灰尘
我压住所有的鸟叫
任种子在墙角无拘无束地发芽

一点亮光落在了这里
身体的另一部分落在了这里

周吴堡漫记 (一)

1

阳光亲吻我的肉体。筑起的堤坝
失去思想，语言和灵魂的水流
骨头从幼嫩变得苍老
在无法捕捉的视线里
是苍鹰，或者鸦群

我的瀑布在胸前飞腾
浪花冲淡神圣的欲望
欲望啊，怎能守口如瓶

2

我再不能这样
抚摸早已裂开的肌肤。那一片一片的疼痛啊
荒芜在远处。人群走过，牛羊走过

有人又一次向城市走去

3

我猜得出那一树的叶子有些不安

斜在天空的某一个出口

我无法估计这里有多少沉寂

和鸟鸣

阴影独一无二。阳光整日看着村南唯一的堤坝

我无法忍受这样的折磨

一个干涸几十余年的堤坝和我发热的躯体有什么两样

面对牛羊的嚎叫

那些渺茫的雨声

由远而近

4

何必有那么多的怨恨?

七月，是一场雨填满了我全部的空虚

把多年的乡梦

彻底浇醒

周吴堡漫记（二）

1

牛蹄摩擦的亮光
照亮一个人的淳朴

一只麻雀一棵树
没有森林

2

几只麻雀飞来飞去
跳向泥土

几只蚂蚁陪着一条大青虫
死在洞口

3

青黄不接的一天
一块土豆
有野花一样的光亮

三蛋给了我一块
而他家的小狗却紧跟在我身后

4

你的眼里
藏着远方的云朵
炊烟顺着瓦沟慢慢散开

田埂上旱烟袋越烧越红

鸟在不停地飞

5

犁铧在额头上急促地奔跑
最亮的部分

顺着犁沟撒下一串串歌声
高卷的裤管里
装满泥土的温度
一只蛹
摇头晃脑

你怀抱坚实的谷草
行走大地

6

数不清路上还剩下多少棵树
曾经是我们亲手栽的

记不清是白杨，还是新疆榆
都长高了，有的已成材

只有那条土路上
跑满了成群的蚂蚁

7

九月，藏了很久的饥荒被挖掘出来
火光照红一张张天真而纯粹的脸

放学的路途
一个个围着浓烟四起的土锅灶
闻着土豆散发的清香
笑靥黑了

田野也黑了

跟自己干杯

——夜读《史蒂夫·乔布斯传》

葡萄的情人

夜晚明亮的台灯下

透明的容器里装满彷徨，兴奋，也有安静

血一样的液体

今夜喝下

谁在自作主张

酒瓶神秘地奔跑

有些未曾成熟而圆浑的星星

一个一个混在一起

诱惑时刻在发生

嘴唇沾满香气

看乔布斯和苹果干杯

聚 会

分开的时间久了
大伙总想着在一起聚聚
扯扯以前的人和事
那些愉快的不愉快的全在酒里一饮而下

聚到一起总是不容易
有的加班。有的带孩子。有的回家
面对面喝杯酒，吃顿饭
拉拉家常
成了我们这一群人难得的幸福

有一个"可乐生活"的微信群
就像一个小小的星球
大家都住在里面
有说有笑，嘘寒问暖
但，我们更像一个个虚拟的智能机器人
都有自己的名字：李丹杨培雅雯赵涛刘明吴慧薛玉梅王涛李秀燕……
还有很多名字。闭着眼睛就能喊出的名字

再用不了很长的时间
我们一个个都将成为另一个星球的守护者

自我不朽

——兼给那些在创业路上的朋友

一个巴掌拍不响的夜晚

有谁独行在凌乱的大街

倒立的树还有倒立的酒杯

你从来不把自己当作一块不朽之木

杀死一遍又一遍

嘶喊。徘徊。辗转反侧

以梦酌酒

那年轻的血冲在前面

一头扎进城市的深处

冲动已久的人啊

七　月

那时，妈妈总是弯着脊背
在七月的大地上
为我们拣拾一株株金黄的麦穗

汗水打湿麦浪
而我光着屁股
和爬在小河边的泥鳅一样

直到天黑
才知道回家

这一天

这一天，是农历五月二十三日
在我从前的记忆中，是个吉利的日子
柳叶倒长，鼓声接二连三
在风调雨顺的年景，这都是真的

这一天，我将不在乎
时间是否存在。我不知道
至少我不知道时间将我拉走了多远
我是否泪流满面，我是否还记得过去的事情
带给我些许的欢愉

我知道这样倒着回忆是一种奢侈
眼前的一切愿望，让输液管中的液体不断往血里流
只有这样，时间得以延续

这一天，殓纸红起来
和我的血液一起红起来

向日葵

烈日看着
你怎样的把头低向大地
不说一句话

或许
这就是最真的表达

清　明

路是弯曲的
蒿草醒着，飞鸟不说一句话
我将膝盖深埋大地
烧纸，畅饮白酒
也为年轻的麦子祈祷

雪花是黑色的
雨水长满翅膀和风
眼睛燃烧成白色的蝴蝶

田野里的土房子

红色的瓦。或许是醒着的眼睛

倾听木头的诉说

我理解山的本性。从反光的阴影里

寻找另一种影子

云高过天空。屋顶高过树枝

鸟声高过耳朵

打开的门窗

收容所有的云朵

一棵树的现实主义

高过飞鸟的翅膀

眼睛显得苍老。那不是我的错

蚂蚁在血液里奔跑，满足欲望

羽毛片片

带有多少的忧郁啊

腐叶如盐

证明你还活着

假如，我是个病人

静静躺在病床上

从头到脚，从里到外

仔细打量自己的每一处肌肤

每一块骨骼和每一个器官

只有在这个时候

才想起关心自己

不再接二连三地喝酒，疯狂地抽烟

不再饥一顿饱一顿地糊弄自己的胃

不再大量掠夺睡眠

躺在病床上，世界一下子都变小了

和自己的亲人

聊从前那些简单而幸福的日子

开始学着和自己说话

把多年的愧欠全部倒出来

直到感动

另一个自己

飞 艇

有一艘飞艇

白天黑夜载着我

穿越森林，高山，黄河

每当我闭着眼睛

它就能穿越

时空

和云层

能抵达任何一个高度

一伸手

就能摸到支撑天堂的大柱子

即使我睡着了

或我不再是我

是一只鹰或一朵云

或一个梦

它依然按照自有的轨迹运行

载着整幢高楼，街道

甚至整个城市

睁开眼睛

飞艇

和我一样

静静躺在病床上

城市之鸟

1

大街上
饥饿的汽车蹒跚前行
明亮的商铺堆满黄金
漂亮的销售员
喷着浓浓的香水
目不转睛地盯着
回头率超高的女人

2

取之于大自然
索雷斯库的水
富含人体所需的矿物质
适合城市中产阶级人群
长期饮用

3

似乎灵魂出窍
给上帝打工去了

4

等我长到天空
那么高
一定摘下月亮
送给
年轻时做下的梦

5

一树的鸟儿
赶在诗人醒来之前
吃掉自己的舌头

6

凡·高的向日葵
被移植到商场
为了更好地吸收光合作用

四周布满聚光灯
如同九个太阳

坐在一旁
一个身穿黑色服装的女人
静静地等待凡·高的出现

7

我将年轻的时光
早早地种在黄土地里
却在都市等着发芽

8

一只鸟
举起一片红色的叶子
向一棵树宣誓——
"我愿和你一起染红
这个城市"

9

秋风挥着
一把大刷子

涂抹。鸟儿

心神

不定

10

一群鸽子

绕着楼顶一圈一圈地飞

速度越来越快

像有什么东西在追赶

但什么也看不见

这样急促地飞着

肯定有什么心事

它们不善于在城市上空

进行马拉松赛飞

要么有什么难言之隐

在它们身后留下

大片急促的喘息声

云压得很低

像故意捉弄这群鸽子

其实它们不欠天空和乌云什么

只是惧怕楼顶那口

巨大的黑洞

11

鸟儿

不敢

大声喧闹

它们

怕惊动

身边的

黄叶

一片片

离开

枝头

随风而去

以至于

怕树枝

孤单

它们

不敢

飞走

12

爬山虎

用自己的鲜血

染红生锈的栅栏

我时常忽略装在身体里的细小部分

装在身体里

那些看似简单的

不重要的零件

一下子

极度重要起来了

疼——

是天

是白云

是未封顶的高楼

是破碎的钢化玻璃

是窗台上的水壶

是药粒

是悬挂的液体

是护士

是大夫

是电影

是插播的广告

是电视剧
是挂在墙上的蒙娜丽莎
是 17 号病房
是紧紧抓着老婆的手

风过四月

雷社河又一次把眼泪咽在心里
就在这个四月，一切焦虑和不安
都凝结。在一朵云的眼睛

怀念父亲

父亲睡在麦地里
二十年了
一直陪着麦子说话

在十月的麦地里
父亲撑起一把大伞
为年轻的麦子遮挡霜寒
累了，就坐在田埂上
看远处高飞的鸦群
想在外打工的儿子

父亲就这样睡着、坐着
麦地一茬绿了，一茬又黄
而他的骨头
在一天天的等待中消瘦

心 事

云，失眠鸟的羽毛

麦子长高了

血里装满蛙声

柳树下

头发上飘满雪花

看着河水慢慢膨胀

我不该相信自己的眼睛

或以这样的方式呈现

迁徙的鸟

起初，我们是一个个质朴的农民

爱这里的黄土地

而我，誓将坚守这里的每一滴黏稠的水滴

每一块带锈的铁

还有高挂的天空

鸟鸣，那座还未拆除的水房

背靠泛咸的砖瓦

看旱蛤蟆追逐，厮打

几年后，都各奔前程

只有老榆树不知疲倦地站在村口

高举着眼睛

看朵云沉重地走来

风

高过树木
没有鸟的叫声

我看着树枝仅有的一点骚动
想起远方

我们可以抵达草原
草原上的风啊，绿了天空

奔跑的马匹
是否带有我的血性

拼 命

一只鸟

在深冬，将稀落的羽毛拔下

准备

彻底的燃烧

在城里务工的中年男人

远方，妻子呼喊你
四十年的乳名。在一道道麦浪里
在月光的另一个影子里
马儿奔跑

梦里，妻子背着西洼的山坡
正在穿过一条大街

风吹三月

——给 2004 年的生日

我无法捕捉那一树即将盛开的花朵
存有多大的温度。但我在这个三月心存感激
在风吹过的地方
曾经种下梦和理想。土地距你我不远
那些茂盛的枝条储满阳光、雨露、风寒和鸟声
储满艰辛和曲折

我卑微如草
每每看着蓝天孕育云朵和鸟鸣
那些曾经写给我的话语
像麦穗一样生长在空旷的田野
敲打着心中的阳光

砺 工

你双手紧握钢刀
敲打昼夜

你试图将这个昼夜敲成两半
一半给远方妻子温热的身体
一半给七月成熟的麦田

你在铸造一个庞大的容器
盛着七月的热浪
阴影在一寸一寸拉长
又一寸一寸缩短
你的灵魂，有如钢铁

你站在整座城市的顶峰
看见远方——
田野上
麦穗不停地敲打在妻子的手中

葡萄的夜

飞来飞去

可筑进梦里

大街的一角

那些失落的石头长出翅膀

今夜，就要飞出去。飞向哪里

我的羽毛啊！遍体的羽毛

在不见五指的黑夜

抚摸做了很久的梦

做梦！做梦

苟且的梦啊。飞向哪里

你睡在玫瑰花伸开的臂弯里

像个孩子。飞来飞去

酒杯燃烧

羽毛燃烧

顽皮的时光飞来飞去

储藏在大地深处的花蕊

飞向哪里

石头飞起来

葡萄的夜里

围　城

我不在强调：我已融入黑色的墓地

无数次挖掘被风吹干的灵魂

邪恶。贪婪。黑洞在夜色中延伸

我不在强调：我已走出大山

吹了无数个彩色的气球

捂着耳朵，用脚一一踩破

眼睛在废墟里徘徊

高楼，汽车和商场敞开的大门

披着谁的忧伤与欢乐

我不在强调：一个瞎子怀抱吉他独唱光明的赞歌

铁碗和拨动的手指有着同一种光泽

盛着半个月亮

我不在强调：一只蚂蚁追赶一群蚂蚁

把自然的风裹在自己的脚上

从城南到城北

根

用真心真意去拥抱生活，浪漫对我们来说是一种奢侈

——题记

突然发现
我是一个背井离乡的人

靠在一棵树的根部
写诗、抗梯子……
学着怎样奢侈

一场雨
洗掉经营多年的浮华

那些正在吃面条的人

正午。那些碗里盛满阳光的人

席地而坐。那些把梦种植在黄土地上的哥们

开始有了反叛的心理

谁能理解啊！这些不孝之子

抛弃了几辈人依靠的曲曲弯弯的黄土脊背，使之荒芜

那些野草，也窥探到了什么

跑得远远的

唯有几只土老鼠在焦急的挖洞，寻觅

正是这 21 世纪的阳光

使这些哥们才有了背叛和勇气

他们满足地吞食着午餐

每夹起一根面条，就像拔起种植在土地上的那一株麦子

生锈之铁被意念擦亮

石沙上一堆堆火正在熊熊燃烧

修车匠与树

城市的某个角落
你是穿透树冠的一个光亮的斑点
一棵槐树的枝枝叶叶
一只鸟嘹亮的嘴唇

三十年来
你唯一的家当
就是一辆三轮车
以及槐树皮一样粗糙的双手

你的招牌
是一棵树或悬挂在树上的一个废弃的轮胎

别人永远不知道你的名字

一个乡老
满脸的胡茬，细小的眼睛和一顶泛黄的鸭舌帽

那些停留在树上的鸟儿
是你的孩子

收购站一角

在仅有的废墟上，紫色的野秋菊
以及黄色的喇叭花
继续保持着各自的姿态
在高楼的一侧，一个怀抱孩子的妇女
在正午的阳光下
熟睡在粗糙的水泥地面上

一个男人蹬着三轮车急促地奔跑在她的梦里

再次走过那条曾经走过的路上

依旧是粗糙的路面
路边继续开着不知名的小花

看不出它们心怀寂寞
花瓣被幽深的绿叶簇拥着

人生在世
像这些无名的花草该有多好

柳树下
依旧是两个河南的夫妇叫卖水果

挂在眼角的一滴思念
开始闪动

一个人的租住时代

从 20 平方米到 80 平方米
从灰色到白色
从茅厕到洗手间
从一个人到几个人

把家安在城市
起早贪黑。拼命挣钱
开始懂得怎样给自己充电
学习理财
天天看看报纸

房价在涨

梦也再涨

夜　空

最后一窗光
高过我带有白发的头顶
在熄灭之前
我没有听到有谁在远处说话
或正在思考
同一个问题

此刻，我并不疲惫
即使滑过夜空的音乐我并不喜欢
在凌晨 4 点
我终于完成了昨天的工作
我失去睡意

我想起了什么
莫非是与时间无关的记忆

窗 外

红色的屋顶在移动，塔吊在移动，白云在移动
一切在空中运行的事物
迎风的树冠把投下的阴影扔在窗前

鸟雀三三两两
叫声如糖果

钢铁敲打钢铁
有人歌唱
那是建筑工们弹奏的晨曲
给正在崛起的城市大楼
给正在被窝里酣睡的城市的人们

听吧：钉锤，砂轮，钢管
以及电锯接触木头时
一切满足的叫声

刷油漆的女人

一个刷油漆的女人裸露着上半身
沉默不语。我想她此刻是孤独的
她试图用手中的刷子
涂抹即将飞出栅栏的两只蝴蝶

我靠近她时
她分明是憎恨的
躲在栅栏的深处
白色的油漆流出了所有的缝隙

以鸟为梦

你是石头的女人
没有嘴唇，没有乳房
在你的眼睛里种植树木，生长鸟鸣
生长风。倾斜在你肩膀时间的枝条
没有水流和歌唱
没有语言和芬芳

我以无数的借口敲打你
匿藏在深处的秘密
麦穗橙黄，大地正好触摸你的温度
而你以一滴泪的方式回绝
——以鸟为梦吧

初次踏在城市的大街

裸露的麦粒啊
大地在远方开始跳动
一束巨大的光铺在麦地上
使一株卑微的草
有了生存的冲动和欲望

这个冬季

在走进森林之前
有人告诉我，有一只孤独的狼
已经提前到达
树木的高处
两片泛黄的叶子
如同狼的眼睛
泛着蓝光

我是狼的前身
习惯了孤独和天黑
把凌乱的风交给眼睛
难懂的色彩
一定是她涂给这个黄昏的语言

我伸出的五个手指
全部脱落

午　夜

从西街跑到东街，再从东街跑到西街
来回往返了三趟
我是一个人骑着一辆破旧的自行车
无视红绿灯
穿梭在昏暗的街灯之下

有谁还和我一样
不知丢弃了什么

小　巷

这是一条平凡的小巷
我至今不知道这条小巷的名字
别人也未曾提及

但粗大的槐树足以证明
它来历已久
我不知道一天之中有多少行人和车辆走过
有谁会记住一棵古桑和坑坑洼洼的路面
至少在这样一个绝无仅有的西部古城
它还存在着

我并未刻意去了解它
这里的一切
或许就装在一个修理自行车三十年之久的老人心里

夜半笛声

在烂尾楼的顶部
有一束光的声音
穿过我的身体

我尽量克制自己的情绪
压住最后一滴泪水

秋　意

1

行走的尘土

包括我

在古城的小巷

经不起一点灰度的诱惑

我敞开胸膛

看色彩在风中慢慢过渡

2

我努力使自行车干瘪的轮胎快速飞扬

我的手，酸痛的腰

所有发出的声音在此刻将我全部包围

梧桐的，白杨的

……还有她的

在寂静中舞动

3

我使劲劫持一只红色的蚂蚁

沿着洞穴寻找，其实不属于我的

休憩之地。这一刻
我能得到什么

只有蓬乱的头发
找到了风的方

地　下

1

白色的音乐，白色的肉体

蚂蚁围着舞台

用嘴唇窥探长发深处，隐藏的体香

一首音乐足可以让骨骼松散

你是洁白的天使的外衣

正好在五月。有无数的眼睛被扼杀

花瓣飘零

一只鸟穿过大街

2

我躺在地下，我生活在地下

其实，黑夜在此刻会倾斜

一个人的思想。声音在五月的空间里平凡如灯
麦克风的性别，籍贯以及住所
就是一缕地下的风

倾诉，那是借着喉咙的怨言
开始行走。相信眼睛不会轻易放过
一个歌者挥动手臂的方向

切开薄雾

我开始反省我卑微的想法

试图接近事物的另一面

在每一个细微的水珠里

枝条在生长。思念也随之生长

远方不远。时隔 5 年之久

每当在春天，在一个被雾笼罩的村落里

总有那么些声音属于我

5 年之后，在切开的薄雾里

我站在城市的某一个低处

什么在我心里生长

什么就属于我

行走在冬夜的大街

今夜，我种下的刀子向我的面部袭来

以报答的方式进入到每一个毛孔

我将全身包裹，戒备

只留两只眼睛，用来辨别黑

试图穿过另一盏灯光

奔　波

我看着一只蚂蚁

急促地奔向一群蚂蚁

途径树木半开的阴影……

一路无语

我过于疲惫

我忽视了她的呼吸

鼓 楼

晚钟敲响的一刻
你可曾醒着?

一片片复古的青砖蓝瓦
可是你曾经应战的盔甲

燕影叠叠
低吟如灵魂

流　年

三年前

我们说下的话
一半枯萎，一半开花

一滴雨

三年前属于黄土
三年后属于石沙

另一半

只需轻轻地拍打一下
就一下，便有了思念

很轻，很轻
就像春风
吹进一个人的心里

就像你
占满了我
全部的空虚

鸽　子

午后，十八米高的阳台上
一束秘密的光里
独守寂寞。头斜向北方
而远处的风景披着秋的衣裳
时间和思绪同时起步

我凝视着室内
一对恋人拉下帷幔
墙角的镜面中只有我翕动的羽毛
眼睛穿透眼睛
将一条直线系在不同的两个点上

七月的海

是什么
比你的手指更加滚烫
一个眼睛滑过另一个眼睛
一个嘴唇滑过另一个嘴唇

停在草尖上的吻
风一样的姿势

当时间停在手心和手背之间
我无法拒绝你的浪涛
拍打睡之前的距离

浪在浪尖里翻滚
最初的石头
结束所有的妄想

傍　晚

楼横过云的头顶
我被倾斜在日落之后

骑着暮色而来的那个女人
未说一句话
剪了一块绯红的云彩
放在我的手心

不知什么时候
我什么也看不见了

开心哈利

温度依旧
只是今夜的音乐彻底击碎我的骨头
不管灯光有多么的黑暗
你的手指，脖颈，以及你的眼睛
在我的杯中慢慢融化

丽景桥

你静的没有一点勇气
诉说。我喜欢在日落之后
看柳枝拍打心事

你紧闭眼睛
我从你的唇边走过

午 休

树荫一层叠一层
偶尔随风丢下一点亮光
打搅瞌睡

我一个人平躺在草地上
不远处躺着两个人，他们有说有笑

一只蝴蝶即不飞走
又不靠近

第一场雨

在凌晨倒了下来

我听到了霹雳的雷声

从整栋楼的一侧斜着扑入玻璃窗内

我没有什么可牵挂

这样大的雨水将沿着怎样的渠道

流向何方

比如，昨天才成熟的一树槐花

是否被打落

被行人践踏成满地的花泥

桃　花

在三月
无法克制我自己

一支桃花
开满我的身体
就在三月，把自己安置在泥土的内部

红
就像一个小小的太阳
扑面而来

贺兰山东麓的葡萄

——致李太白

汽车奔驰在由东向西的高速公路上

身后是皎洁的月亮，跟着一起

向深墨的贺兰山靠近

如果你没有生活在贺兰山下

怎么能知道

青云如拉开的纱

飘在上空

路灯或明或暗。这是一座城市的夜晚

或许太白先生正在

构思如何给苍穹之下的银川做一首浪漫的

中秋之诗

或许他根本不懂得什么是浪漫

此刻的银川，像一部电影

中的某一个镜头

不由让人联想到大唐

正在彩排一场声势浩大的舞台剧

除了人民。还有岩羊

太阳神，以及雄鹰

天空打开一扇巨大的东麓之门
葡萄园里的情人啊
等着明月。直至她紧贴一片湖面
给一个人
讲述另一个人的故事

11 月 7 日的公园

我没有太多的冲动和欲望

我来回翻看拿在手中的梧桐树叶

泛黄的色彩

压住了滋生在心底的那一把火

你宁静而遥远，靠在木制的长椅上

看远处那尊白色的雕塑

一丝不挂地裸露在即将降临的暮色里

可以拥抱这即逝的时光吗？

如果可以，我将对着整个秋天

说出我的真心话

那一片片大小各异起伏不定的落叶

正在向我靠近

印　象

似乎就在昨天
那唯一一片平静之地
此刻，安放了我的灵魂

一切阴影开始消瘦
就连飞过的一只鸟
顿生孤独

那段木制的小桥
横在倒影里

急就章

1

风过之后
继续延伸。所有的思念
在我伸开的五指之间
毫无觉察的漏掉

2

昨天，我看见桃花开了
还有黄色的迎春花也开了
春天开了

3

我是一个赶路的人
在驻足的同时

路便向我走来

4

泥土发出的声音
即刻使我渺小

我不能否认
这原始的力量

5

那些被风吹走的影子
麦穗伸展的双臂
谁在敲打这无声的冷
在唇间不留下任何痕迹

6

你轻的像梦
像三月的桃花
随风而开

你淡雅的气息
是细雨中

泥土热烈的期待

7

住在一棵树的寂静里
聆听三月的鸟声
从早晨到傍晚
谁也不知
这些触摸不到的温度
能否和树木一起生长

黄昏：在贺兰山下

我没有像现在这样在乎你

那些凌乱的石子中间

我渴望穿过你的身体

触摸内心的真实

这不仅仅是一块石头

一只大鸟丢弃的眼珠，大海抛下的一滴浪花

或是安放了千年的定情之物

幸好，我可以俯下身听到你急促的呼吸

那穿越时光的美好事物

一定胸怀当初的阳光

洒向这里

蝶恋花 雪泥

一片雪的身体里，住满失去的记忆
那是我的。曾经刻骨铭心的冲动
今天继续重复。无法克制你的白
轻轻地向我靠近
飘动的姿势。迷惑的味道打断我此刻的思考
我把自己装在一片雪里
谁也认不出。落在你的身上
你也认不出
我可以借着温度乘虚而入
即使在你的脚下

鸟儿飞去又飞来

妞妞画了
几只红色的小鸟
欢乐地飞了

它们又飞了回来
想让妞妞
画更多的翅膀
这样，它们会飞的更高

一根吸管

它调皮地钻进
白房子
不见了

妞妞怎么用小手招呼
都不出来

我尽量用
简单明白的手势
吸引它
钻出白房子

它很高兴地
探出脑袋

妞妞惊讶地为我
竖起小小的大拇指

妞妞已经能喊出爸爸妈妈的名字

这一天，我们迫不及待
我们渴望
我们一遍遍地
让她喊出我们的名字
好让全世界都能听到

有你的幸福

那些年，我们穷的叮叮当当

在十平方米的房间

紧紧相拥取暖

我们整天啃着馒头

却高兴地穿过那些已经老去的大街小巷

宝贝，我曾对你说过一辈子爱你

不惹你生气

可是，这么多年过去了

我们过上了美好的生活

却时不时吵闹

甚至有时竟然提出分开

"我什么都不要"

却要把最好的留给对方

宝贝，这是多么伤心的借口

在昏黄的街灯下

我们用泪水紧紧相抱

把彼此的心融化

其实，是我不够好

每次总让你不高兴

但我知道，每一片黄叶落下

最深的思念就在身边

有你在比什么都好

四　月

那个害羞的姑娘

终于喊出一个字

欲

午后安静的果园

草绿地静

小花开地静

老人安静地拨弄着树叶

鸟儿的叫声隐秘地静

就连洒在地上的阳光都出奇的静

这静，刚好装下一个疲惫的人

夏

你高举手中的太阳
装满血液的树枝
是你炽热的手抚过
谁的额头

六月玫瑰

把玫瑰

种植在一个人的身体里

从此撕开一片天空

星星一个个扑在怀里

纽扣发亮

胸膛发亮

她的一笑发亮

六月再也不属于一个人

也不属于大地和植物

当天空布满红色

一个人的内心

装满说不出口的风景

眼　神

一片叶子

含蓄地拥抱着枝条

在他的体内

所有的水分开始膨胀

从你的眼神里

我窥到有一种力量

已经超乎爱情的想象

十月二十三日在固原

——兼给 L

你在风中洒下的香水

使大地上匍匐的草茎直立

进而使张开的双臂

拥抱这秋天最后的秘密

你是无边旷野的情人

却把重叠的双影刻在文澜阁的青砖之上

进而使这隐秘的文字

开始公之于世

永安巷 28 号

隔着玻璃，风让她自己吹吧

我为你刻意叫了一曲《红》

一杯浪漫情人

音乐飘过茶杯

轻轻地碰撞

落叶隔着玻璃慢慢地走过去

她要去哪里

任她去吧——

看过去

没有发现一丝的不安

时光之物

一块石头浮出水面
一半阴暗，一半明亮

幼鸟饥渴的嘴唇
滑向另一片森林

阳光依旧是阳光的温度
白昼反复

有一节朽木腐化
就有另一节等待腐化

春风又绿

弥漫过来
以未曾有过的速度
用一夜的时间就抵达一个人的心里
就这样悄悄地绿了。就在三月
一切来得那么自然

弥漫过来，我的爱开始生长
我翻开的书页里夹着春风的味道
那一个个写给你的文字
开始变绿，向我的身体弥漫过来

你的气息弥漫过来
将我包围

贡嘎神山

思念在不可企及的远处
石头开花

你一定在不为人知的过去
偶尔也会偷情

所有的悄悄话
都刻在蝉翼的背面

我本是一个多情的人
在多年前就隐藏了不该隐藏的秘密

白纱飘
声音似水

白色的雕塑
我将伸手触摸你柔软的微笑

我的脚下
粘满来自人间芬芳的花泥

那一定是你偷偷留下的脚印
石头的花蕊

雨后的草地

水晶的光线
斜射在一块明亮的石头上
一只幼小的蚂蚁
爬上草尖

滑落的水珠
在绿色的寂静里眨着眼睛
云在头顶上奔跑
而一些虚掷的阴影
和我一样
飘忽不定

城市之鸟 （二）

1

天空蓝如海
石头漂在水面上
敲打天空的钢锤
草原一样深厚
没有尽头

2

草原上
在风里
在云里
在深深的草里

是草
掩埋了天空的

秘密

3

诗人
借着天空巨大的舌头
满足一张张红色纸
最纯洁的欲望

4

饿了，最有诗意的言辞、天空、鲜花、草木
奔驰的汽车、高楼
咖啡里隐藏的梦
都抵不过
一杯清茶
一个世界
一碗热粥
整个宇宙

5

酒煮月亮
人生
如水

6

我的酒里
有你的味道
你的味道
越烧越烈
火一样
燃烧

7

还可以再简单一点
再平凡一点
任何时候，都能约下美丽的黄昏
有玫瑰，有咖啡
有一杯清茶
一句问候，不经意
一个吻
甚至，在油盐酱醋里
一桌简单的饭菜里
在任何时候
任何地方
即使穿越时空
依然如故

8

阳台外
枣子快熟了
枣子熟了
秋凉了
围着炉火
枣香飘满小屋

9

老赵和老刘
每次喝酒以工作忙为由
总是迟到
其实，我们知道这仅仅是个借口
在出门之前
总是以各种说辞
取得老婆的应许
时间久了
"请假"二字成了我们中间
最温暖的暗号

10

"本来无一物，

何处惹尘埃。"

只要

有我

便可

"见性成佛"

11

在北京东路

绿化带中

几棵紧挨的沙枣树下

草地上

一根根青草

为她俩挺直了腰杆

12

经过宁园

远远飘来的秦腔

使我差点忘了

眼前的红灯

一脚急刹车

轰轰的发动机

和我的小思绪

差点毙命

13

养鸟人

用爱

慢慢杀死

囚在

笼中的一只鸟

而后

怀着悲伤

找寻

它的替身

14

其实

有

天空和大地

就够了

15

"我心里隐藏着整个花园和耕地"
"连神也不知道"

16

有人和我
不约而同地走向
一片黑暗
却各自忏悔
对生活所犯下的
罪孽

17

我将
整个夜空灌醉
直到——
看不见一只飞鸟
看不见一个人归

18

红绿灯口
轿车急速奔跑
货车急速奔跑
三轮车急速奔跑
摩托车急速奔跑
快递奔奔车急速奔跑
自行车急速奔跑
行人急速奔跑

在同一个起跑线上
他们奔向无数个不同的终点
只有鸟，斜着天空飞过

19

你我
非亲非故
不必在意
存在
或失去

天空浩荡
一群鸽子
飞离
故乡

飞翔的另一种形式

欲望

开始背叛

最初的飞翔

或许

从此失去翅膀

周吴堡漫记：麦子

干裂的嘴唇

风懒散的语言

一丝未流下的血

额前的皱纹

四月无雨的日子

一根根白发

年轻的麦子

还在守望什么

祭　日

雨落西山……

一切湿了
远方的村庄，田野，炊烟
湿了

二十年
就在一场雨里
湿透了

思　念

我用怎样的方式结束

一块块哭泣的石头

就像你丢下的每一个字，每一封信那样的沉重

天堂的路

有人间那样曲折吗

盼

两只麻雀
在屋顶上顺着青色的瓦沟
奔奔跳跳
像两个调皮的孩子

炊烟缓慢
她倚在门前
像秋风中裸露的根

二哥两周年祭（一）

那时我小
没有安装大门的院墙
一间土房子
一片一片干摆上去的青瓦

就这样一直过了十年
墙角的榆树长了十年
房顶上依旧没有上泥
瓦就那么干摆了十年
记不清，下过多少场雨
却一直没有漏雨

十年后
没有想到，你走了
从此
阴雨连连

二哥两周年祭 (二)

深秋。星期六。学校图书馆
天冷了，多拾点牛粪，多扫点树叶
每天攒一点，一个冬天炕不会冰冷
再过几年，一切会好起来

初冬。星期日。小雪。大三教室
今天风好大，大片大片的叶子全部落下
堆在校园的每一个角落
如果能运回老家
烧饭，烧炕该有多好

深冬。星期二。中午于教室
今天，是腊月十一
是爸爸三周年纪念日
我不能回家，给您的脸上再添一把土
磕一个头，烧一张纸

——打开你的日记
——打开我的眼泪

记　忆

七月
麦浪燃烧

红嘴的乌鸦
奔向清泉

而我
开始空旷

生命的另一种呈现

清明，我和侄儿
去贺兰山下看望他已去世十几年的父亲
我们又去了武当庙
山上苍劲的石头，余音绕梁的禅声，活了 200 余年的银白杨
白杨粗大的树干上生长着许多人的名字
那些名字有的已经老去。谁也看不清，也看不见是否还活着
但，活着是一件幸福的事

我心里装着十多年的思念，也装着三十多年的思念
看不清，也摸不着
我有流出眼泪的冲动，我压住了
还是装在心里的好
我不能挡着孩子的面
二哥的在天之灵也是

整个下午，心里总是不得安静
手头的工作一推再推
她，从银川到西安，再从西安到银川

拉着自己重病的老父亲来来去去几趟还是没有留住最后一
口气

我泡了一杯普洱
那红红的茶汤有苦味也有甜味
从茶饼到杯子里舒展的茶叶
我想，这是不是茶树生命的延续呢

偷菜游戏

在遥远的乡下
妈妈曾经告诉我
"孩子，庄稼人一生就得靠田"
我头枕着双手
看天空纯净的蓝，白云朵朵
那时我已经渴望爱情
爱幻想——
一片田土和一座房子
一个青春的女孩
鸡叫，虫鸣

把时光拴在锄头
起早贪黑
一双粗糙的手偶尔抚摸她
月光明亮的脸蛋
打开一本长满青草和庄稼的书
有音乐，有 QQ
有经典的大片

我只身遥远的乡下

只读一本书

没有书名

没有插页

更没有书号

那个青春的女孩就是我的

她翻弄着泥土

脏兮兮的手上开满红色的，黄色的花朵

不时回过头说

"你不该再去偷人家的菜"

"偷习惯了，不偷会寂寞的"

她继续翻弄着辣椒、茄子、西红柿、黄瓜、豆荚

继续说"让好好长，回头拉到城里卖个高价"

寂寞

却在一只鸟的口中

被无形地说了出来

透过窗户向外看

我没有迷恋式的紧靠你
那曾经的碎语。我只记得以前你的头发是黑色的
像我的嘴唇，像风中奔跑的蚂蚁
拒绝不了牙齿掉在盛满面条的磁盘里
我还记得你说过，饿了就让风吹吹
顺着黑色的输线管慢慢吹过来
穿透蓝色的烟雾。破瓦烂砖
还有我的耳朵
此时，我很自信
玫瑰花在我的眼泪里汲取营养
花色鲜艳
高过碰壁后红红的鼻子
和竖起的毛发
请相信我，我什么也没有看见
我不会自暴自弃，把舌头拉在风的身后
追赶带光的灰尘

八月五日：追忆乡音的呼喊

在这个上午

我依旧坐在窗前

眼睛盯着电脑屏

变换着五颜六色的山岚

斜射的光线落在键盘上

带着一丝淡淡的苜蓿花香

在高楼的阴影里

苜蓿花静静的开放

没有蝴蝶，蜜蜂

而两个维修下水的乡下人

用铁锹，铲，把自己泥土般的语言

来回搅拌

在一吼浓厚的秦腔里

我闻到远处柴火烧饭的香味

以及妈妈呼喊吃饭的声音

月光下的女孩

一个熟悉而又陌生的名字

在沙滩的深处，在无限延伸的空间里

在一株草仅有的阴影里

眼睛明亮

远处的小黄屋并不孤独

唯一的鸟声

高过泥土的屋顶

沙地里，躺着赤裸的身躯

有着绿色的亮光，诱惑

星星的圆滑和柔软

骨头里渗透沙的红色血液

鸣沙，或许是你的名字

使那满地的石头有了生命

使那嘴唇皴裂的女孩成了守候空旷的星星

而绿色的眼睛

跳出一道道红色的沟壑

远处，门槛上依偎的

可是冲天而下的饥渴的雄鹰

和沙地的西瓜一起长大
整整十五年，足可以让一颗西瓜走出沙滩
而在鸣沙，石头一次次死去
又一次次复活，这红色的石头
绿色的石头
在藤蔓里渐渐长大的石头
——石头的女孩
今夜，月光明亮
远处的阴影压低了声音

暗处的光

1

光在暗处

你是大地的缝隙中一株带香的草
烛光的眼睛

裸露的云啊
水滑过你明亮的肌肤
你在远处微笑

地下的火
瞬间失去纯真

2

树木的阴影

蝴蝶起伏的翅膀。欢呼

来吧，你这劳累了一天的傻瓜
你的火已经开始燃烧

别把一切当真

3

你是地下的一株野花
带火的流星
夜间觅食的鸟

你从来没有属于过自己
你属于一块石头，一根树木，一堵墙
以及无穷尽的黑夜

一张木床
开始膨胀

4

来吧。你那流水的眼睛
盛满欲望的眼睛。刺破寂静

你有太多的欲望

地下有太多的欲望

欲望啊！在你身上燃烧

远处的水开始动荡

无穷的黑夜之水

从地下开始蔓延

想像一座城市的忧伤

城乡结合

鼓励更多的农民进城

务工，安家

甚至有人连老根拔起

那些藏着的梦

谁也看不见

马路越来越宽

宽过汉子的臂膀

那些能装下一方土地的胸膛

却装不下一粒沉重的石子

钢筋，水泥的谎言

拔地而起

越来越高

再大的梦都能够得着

再小的梦都装不下

太阳的孩子

到处乱跑，在巨大的阴影里

跟着汽车嘶吼

如成群蚂蚁永不停歇

吼声白昼反复

呼出的黑色气体

分装在每一个人的身体里

做着噩梦

谁也看不见

树木吸干了水分

鸟儿回到了农村

城市的身体里

布满了粗粗细细的血管

人们相互喝着彼此的血

城市的忧伤

在黑夜巨大的手心

不断颤抖

梦，跟着裂了

城市的肌肤裂了

天空也跟着发怒

让满地的裂缝注满水银

鱼爬上树干

啃着酸涩的叶子

有人乘舟叫卖

一束束阳光

谁也看不见

大地的另一个出口

悄悄地向城市逼近

在黑夜里彷徨的石头

你或许和我一样

经常徘徊在黑夜的怀里

通过咖啡强制醒脑或昏昏欲睡

很多时候大脑一片空白

你总是和我一样

把黑夜视做一件极具杀伤力的武器

刺向自己的头颅

关于工作和生活的一切

无头说起

失眠症

鸡叫三遍
玻璃慢慢泛蓝

我睡在一朵云上
等待太阳的光芒照过身体
给即将明亮的大地
投下我的身影

这人间
白天黑夜
都醒着

17 号病房

1

夜晚一滴一滴变亮
从远远的第一声鸡叫开始
护士准时的止痛针
一下子把晨曦的亮光
打黑了

2

我必须控制食欲
不能满足了胃
难为了肛门
每一次蹲在马桶上
我都想象
蹲在贺兰山下的那股舒服劲

3

在打针之前
我对护士吕慧说
"你的水平绝对高"
而她总是
把一针扎成两针

4

为了顺畅通便
高丽大夫一直强调要合理饮食
每天多喝水，多吃蔬菜，多吃水果，多喝蜂蜜水
让肠道保持润滑
我为此喝下半杯蜂蜜
甜的没有一点味道

5

夜深了
透过门缝的一小束光
让整个走廊
孤单起来

6

我喜欢

一针见血

我不喜欢针头在血管里

左右摆动

而不见血的动静

有几次

是由实习护士白桑木措扎针

我没有责怪她

而是让她一次不成再来一次

但我还是喜欢

护士白晶

她总能在一瞬间

不知不觉中

一针见血

7

每次换药

之前，总浑身冒汗

我通过聊天，或畅想一些美好的事来缓解紧张

高丽大夫也教我想想午饭或晚饭吃什么

不管怎样

当碘酒擦在伤口表面时

刺心的痛一下子打断

我对一切美好事物的想象

8

我得记下：

它们的名字和体重

金银花 15g　黄檗 12g　黄连 12g　黄芩 12g　地丁 12g　元胡 15g　枣

仁 10g　败酱草 15g　地肤子 15g　五倍子 15g　苦参 15g　白矾 12g

白鲜皮 15g

至于它们的性别、容貌、性格、脾气

得问本草纲目

或百度

9

坐卧不宁

天空之鸟横空出世

或许你的心里装着一万个放不下

时间有毒

让每一个行动都暴露在佛的眼皮底下

诉求杀毒妙方：

瓦松　马齿苋　甘草　川文哈　川椒　苍术　防风　葱白　枳壳　侧

柏叶　焰硝

（ 水五碗，煎三碗

如何服用 ）

或许你明白

或许只有佛才能暗示你一切

加班狂想症

那些倒立的石头
女子倔强的性格和肤色
连思考的机会都没有
那些仅次于生存的活计
装满浪花和怨言
窗外有车声。仅有的车声
那些在远处嘶吼的傻子们和啤酒一样
习惯彷徨
午夜总是不得安静。总有阳光
照亮。谁是主人
桌面上堆满了谁的灵魂
电脑散热器的恼怒
就连红色咖啡杯上投下的亮光
折出所有的情绪
阴影独立存在，我独立存在
桌面上的一切都独立存在
除了眼睛所不能对视的杂志，传记
还有十万个为什么
因为我需要快速蜕变
睡意已足

袋鼠之约

旷野伸展。阳光拥有野草之躯

那些挂在光亮中

一串串的珍珠。白的黑的

有袋鼠奔跑的弧线

夕阳中，草茎摇摆

是谁种下的深沉诱惑

一杯接一杯

那些盛满长相思的酒杯

酒生长在这里的每一片草叶之上

这诱惑，之约——

是那硕大的肚皮下

深藏的野性之美

有你在真好

那些种植了思想的人

去了哪里？

喝咖啡，想不应想之事

光使人缠绵的不速往事

能整整灌醉一座城市

我有时在想：有你在真好

你不是注定的灯

或许是另一种植物或被遗弃的小饰物

反正没有追逐的勇气

大声吧！足足能穿透自己的肉体

跑出去

你却在大街上丢失了自己的灵魂

06 号

石头之软
软不过午夜的睡意

昏黄的街灯下
行走着两个人

脚底生花
梦一个一个地睡去
两个人的宇宙

灯灭了
黑成了另一个世界
屋子不再狭小
能装下整个宇宙
两个人的夜晚填满屋子
这柔软之夜
生命之夜
压抑已久的尖叫之夜

不能入寐的思想之夜

那狂奔的石头之夜。石头之夜

水流穿过每一根血管

挣扎着行走在

无边黑的旷野之外

远处灯火通明

有人又一次埋葬了自己的青春

情人节之夜与鸟

你身上遍布的葡萄之光

一次次唤醒谁的躯体

飘动的石头一样

在不觉中复活

死亡的枝条之花

诱惑的果实

形与性

交融。碰撞。光亮穿越

一切黑暗之域

有关一篇小说的命名

那时，我们年轻

年轻的像一个早晨

更像一个文字

不惜一切代价从黑夜奔向黎明

其实，在很多时候

我们跟着文字奔跑

梦，圆的像一个个葡萄

"生命困于色彩，迫于数字"

而过程，给了我们确切的命名

玻璃与骨头

冲破

透明的墙

那魔鬼的嘶喊，火山一样

喷薄而出的岩浆。谁从火焰

中走出来？带着远处的树木

天空，儿子和女人

高楼倾斜，月牙挂在楼尖

是谁又在为魔鬼谋生

咆哮

那些出没于身体自由的魔鬼

骨头一样

挣扎是一头奔跑的黑猪

无边的黑夜之手，伸向哪里

有人凌乱地奔跑在拥挤的大街

灯火似幽灵的眼睛

哦！那是夜的欲望之火

重新燃烧。总有一些生命获得重生

生活，就像一滴眼泪

在无边的黑夜里打转

挣扎是一头奔跑的黑猪

把白天和黑夜撕碎成纸屑，扔在无人

理睬的深巷里。鸟失去声音，车轮蹍打着低沉的思考

而我，试着触摸闪烁的星星

一棵树

这是一棵大树。高过城市的高楼，高过贺兰山的顶峰
大过四只眼睛可视的范围
这世界的心跳，就在年轻而历经风雨的枝头
多少年，总是在身边
不近不远

这是一棵小树。小到只能长在一个人的心上
时刻随身携带
四季交替更换。前一秒风雨交加
后一秒春光明媚

面对一棵大树。哦，只是转换了不同的视角
彷徨。克制。喜悦而悲伤
这藏在心里的不可逾越的界限
枝枝叶叶，充满怎样的血液

是。一棵树
附在灵魂之上挥之不去的召唤

又是五月

一点都不敢正视
你的眼神

哪怕是一点点
都能引发心底的暴乱

嚎叫吧

走在高楼林立的大街上
陌生的面孔一个紧贴一个
汽车孤独的奔跑
玻璃窗里早就酝酿着一个又一个大大小小的计谋

嚎叫吧！一切孤独的人
像美丽的傻瓜一样站在城市的中央
却无动于衷

紧贴着地面行走的人们
灵魂早就一个一个挂在高楼蓝色的玻璃窗上
在嘈杂的声音里嚎叫
这不是命中注定的格局
肉体僵硬而蹒跚

嚎叫吧！一切孤独的人
像美丽的傻瓜一样站在城市的中央
却无动于衷

九　点

是谁种下的黑

桌子铺展，森林在上面跳舞
有人对着电脑
嘴唇斜挂在月牙之上。那是
向往已久的人啊
每敲下一个字
眼睛里的火跟着释放

一天之中
你在血液里沸腾
直至安睡

早 晨

哦！早晨
我站在你矇眬的睡眼前不能行走
那些透明的，失去理智的魔鬼走了
她还会回来吗？那些看不见的墙一堵接一堵
伸向哪里

哦！早晨。你在徘徊
阳光的孩子在睡梦中惊醒
街上铺满大大小小奔跑的脚印
谁也看不见那些早晨有多少墙隐秘在街上
透明的墙，抱得严严实实
谁也看不见

早晨
就这样淡去
不知去向哪里

自由说

今夜，仅仅是时间之差
空着的玻璃杯中再也盛不下半个嘴唇
你可以自由的矜持。可以默不作声的压住心跳
酒在喉中疯狂地乱窜
你只是一个被反复涂过的油画布
没有颜色

可以把距离看作一个完整的零
透明只在心里。那时你的纯洁分文不值
只在此刻，把承诺撕成一张空头支票
仅仅是时间之差
而非此意

"90"不惑

音乐从 52 度的酒瓶里出来

浑身散发着酒气。这逼人的酒气能灌倒谁

谁就不是 90 后

在凌乱的音乐背后

毕加索的嘴唇蠢蠢欲动

跳出框框，出口不逊

墙上布满花纹，有杨贵妃衣角的陈色

有 T 台上留下的线条和色彩

这特意泡制的酒生活

她说：这也是逼迫的生活

浑身上下，涂满凡·高的色彩

迷惑灯光和酒杯

她说：这样的生活其实很好

没有白天和黑夜

把出生的音乐一首首倒进酒瓶，封盖

在酒里陈酿的音乐足可以杀死一切不愉快

这个上午

野菊花依旧静静的开放

我又一次走过新月广场

水底泛绿的石头

继续保持着自有的镇定

我与它有多远

我一无所知

紫色的野菊花啊，你的天空有多高

一只在你怀里宿夜的小蜜蜂还没有醒来

别打搅吧，那安详的睡姿

透明的翅膀，夜露打湿的翅膀

紫色的翅膀

遮住每一次心跳

四月的某一天

在晚归的途中
一只蚂蚁
拖着另一蚂蚁
走走停停

没有眼泪
体内的水分已被汗渍抽干
风瘦成一丝光线
而远处的灯开始亮了

当我俯下身子
再次听到急促的呼吸
眼前 10 厘米的距离
拉长了整整一个夜晚

走在中心广场

在绿色树木的阴影里
有一双眼睛
犹如飞鸟的翅膀
开始燃烧

一切宽敞来自你的身躯
高飞的鸽群，灯塔
以及紧贴的两朵白云
斜过高楼的一侧
而阴影随之飘动

我伸开的手臂开始僵硬
而风正在吹过你柔软的肩膀

野　菊

它的花色，淡紫、金黄
个儿不高。它往往斜着站在家乡的山坡上
从早到晚一直开着
开亮整整一个秋天

此刻，有几只蜜蜂围着这些淡淡的花香嗡嗡地叫
一只淡黄的蝴蝶在远处飞
忽高忽低
是在寻找什么

午夜的街灯

从西街到东街，再从东街到西街
我来回往返
我是一个人骑着自行车
无视红绿灯
穿梭在灯光之下

有谁还和我一样
在意一点微弱的光里藏着多少秘密

透过树木葱郁的间隙
撒在街边的一点光斑
分明被两个紧紧拥抱的男女劈成两半
一半明亮，一半幽暗

我无法在此停留
我是在寻找一句丢失的话语
或许就藏在某一束秘密的光里
在西或东

沙枣花

这是第几次花开，我一无所知
在中山公园，一尊全裸的白色雕塑
被芬芳弥漫

一条破旧的木制长椅
分给了两个人占有

那条木椅是否为另一棵枣树的前身

上午的草地

整个草地是安详的
这唯一被遗弃的草地，被一栋栋高楼层层包围
这是幸运的

打碗花静静的开放，有红色的，有白色的
一个紧贴着一个
没有丝毫多余的空隙
我有意靠近
淡淡的芬芳。我有几次克制不了自己的情绪

我看着一只蜜蜂
从一个花心飞向另一个花心
它是欢愉的，听得出来它满足的叫声
有些微微的潮湿

我并不在意它飞向另一片草地时
会留下有多少惋惜和记忆

唐徕公园

初冬。在布满阳光的午后
除了你
没有人能够懂得
在两排槐树之间
那些叶子
一片紧贴一片
我甚至没有勇气把那一缕斜射的阳光揽入怀中
是你，发现了我的不安
和躁动

银川夜晚

有人穿过巷子
手机里播放着英文歌
有人站在馒头店的门口
扫码支付
有人走进老银川餐馆
有更多的人走进去
穿过巷子
有人蹲在水果摊边
和商贩聊天
有人走出麻辣烫店
拿着手机大声叫喊
有人走进美发馆
有人走出商店

银川，就这样
让夜晚的巷子多了一只眼睛
一只巨大的鸟
扑向楼顶

站在门后的女人

你那
秋天的微笑
把一切平淡的故事
从心底里
激起白色的浪花

越走越远

今日难得清闲

音乐清淡

对面的候车厅

一对男女热吻

联系到五年未见面的老同学

他在睡梦中

听不清外面世界的一切嘈杂声

生锈的铁

在我们的生命当中
都有一块属于自己的铁

很久了，都没有时间
来认真地触摸它粗糙的铁锈
其实，生活在城市里
我们很难想起
那一块废弃的铁
锈迹斑斑
好像从来没有过生命的样子

有一天
当我们回到最初的地方
总会有一种无法割舍的东西
使你的眼睛模糊。或许就是墙角处
草丛中
即将倒塌的小屋里
被厚厚的灰尘
覆盖了的，那一块生锈的铁

血桃花

是三月
再次给了我绽放的力量
你背过身去
那无数的思念
正在纷纷落下

五　月

我并未刻意走入歧途
我只是感觉到了另一种温度的存在
鱼一样心的跳动

这是幸福的
包括隐藏的那一个吻

风过之后
我看到熟睡的枕边总有一个梦
和许多不同格调的影子斯守

我不后悔
连同我的花一起沉醉

即将消失的，永恒的

没有风，很静

一切都像被刻意的摆放，又是如此的自然

掉落的石子，砖块，还有紧闭的门，门板上斑驳的色彩。或许

这样的存在，更像是它自己本来的面目

一粒尘埃轻轻地

落在上面

天空蓝的有些害怕

这落在旷野中的渐渐褪色的红

羞涩地像个姑娘

站在大地上。树木，铁栅门

偶尔飞过头顶的麻雀……羊群的叫声

让这里充满想象

慢慢走近

生锈的时光

闪闪发亮

这更像是一次冒险

打开的窗。破碎的玻璃

树木投下的阴影

穿过楼顶，裸露的蓝

这里，曾经拥有爱。这即将消失的，永恒的

心中的念想

看见，或看不见的存在啊

踩着消失的声音

像踩着自己渺小的灵魂与过往厮打

远处，一位老人

坐在玉米堆里

将目光投向这里

没有人知道

他看到了什么

又能看到什么呢

除了尘埃。布条。除了照在地上的阳光

除了你

对这里不曾有过的念想

六月宁园

我欲将跳过六月
顺着你长发流淌的河水
却被一颗浮在水面的石头绊倒

坐在对面树尖上的那个女孩
对着我笑了笑
重叠的双影弯弯拉长

一个垂钓云朵和羽毛的中年男人
将饵撒进你的长发
不肯离去。直到——
看不清垂钓自己

槐花开了

槐花正浓

槐花正香

总有许多的叶子

无法遮蔽白色的阴影

我驻足拥抱

弥漫的气息

气息弥漫整个空间

我不能抬头

也不能低头

我唯一的姿势

请容许我像那只蜜蜂一样

酣卧花心

槐花正浓

槐花正香